有故事的漢字

The Origin and Evolution of
Chinese Characters

|親近自然篇|

邱昭瑜
編著

新雅文化事業有限公司
www.sunya.com.hk

## 作者的話

　　一個深深陶醉於中國文字之美的人，曾許下心願，要將這份對文字的誠摯之愛傳遞出來。《有故事的漢字——親近自然篇》是一顆經由心願孕育出來的種子，希望這顆心願種子可以散發出去，在讀者的心中生根發芽。

　　小朋友，考考你！你知道在文字發明以前，古人是怎樣傳遞消息嗎？

　　你有沒有聽過「結繩記事」？在很久以前，人們曾經用在繩子上打結的方法，來記錄事情。譬如說，甲村落跟乙村落訂下契約，一年後乙村落要送五頭羊給甲村落，雙方就各拿一段一樣長的繩子，在繩子上相同的地方打上五個同樣大小的結，等時間到了，雙方再拿繩子共同回憶這些繩結表示什麼意思；不過這樣也很不保險，因為所有事情都用繩結來記錄，雖然繩結有大有小、打結的地方也不一樣，可是日子久了，也難保每段繩結代表的意思都可以記得正確無誤。

　　另外，人們還用畫畫的方式來傳遞消息，可是這也不是一個很好的方法，因為你也知道一幅畫用多大的空間、花多久的時間來畫，而且也不是每個人都很會畫畫，萬一想畫老虎，畫出來卻變成恐龍，傳遞錯誤訊息就糟了！

　　幸好，人類還是很聰明的，他們發明了簡筆畫，就是把物體的樣子畫一個大概，能夠知道是什麼意思就可以了；可是大家的簡筆畫卻畫得不大一樣，以太陽來說吧！有人喜歡畫一個圓圈，有人畫圓圈裏加上一點，還有人不但圓圈裏加了一點，圓圈周圍還要畫上萬丈光芒，這可怎麼辦好呢？

　　別急！當碰到眾人意見不同時，總該有人出來領導統一吧！那個人啊，相傳就是黃帝的史官，名叫倉頡。

　　後代子孫根據倉頡整理統一的這些文字，發現文字的

創造原來是有一些規則的，那就是象形、指事、會意和形聲。

　　象形，就是按照物體的樣子來畫。像「木」這個字，最原始便是畫一棵葉子掉光，只剩向上伸展着樹枝和向下生長着樹根的樹。

　　指事字呢？就是要指出這個物體的重點所在。譬如刀刃的「刃」字，是在一把刀上加一點，那一點就是要特別指出這把刀的刀刃很鋒利噢！

　　會意字又是什麼呢？就是你看了這個字，然後在腦袋中想一下就可以知道它表示什麼意思！譬如休息的「休」字，畫的就像一個人靠在大樹下休息，是不是很容易了解呢？

　　最後，說到形聲字。你可聽過「有邊讀邊，沒邊讀中間」的說法吧？中國字有約百分之九十是形聲字，形聲字一部分是表示它的類別、一部分是表示聲音，譬如唱歌的「唱」字，唱歌是用嘴巴唱的，所以就有了「口」當類別，旁邊的「昌」音是不是跟「唱」音很相近呢？

　　開始覺得中國字很有趣了吧？讓我們翻開這一本書，知道更多關於中國文字的奧秘吧！

# 目　錄

tiān

天

每個人的頭上都頂着一片天。甲骨文和金文裏，「天」字畫的都是一個人的形狀，基本上「大」已經能夠顯示出是人形了，但為了要特別指出頭頂的部位，所以就把頭「口」或「●」畫大一點兒。到了小篆時，因為覺得天乃是至高無上的，而「一」又是數字中的第一位，所以就用「一」來表示「一」，指出它是最重要、獨一無二的。

◎「天」字的演變過程：

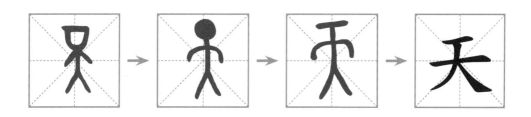

# shén

# 神

古人認為天地間的每一樣東西都有神靈的存在，「神」字便是古人對於神靈的崇敬所造出來的。「神」字的左邊是「示」，「示」是由「二」表示上天，與「巛」三豎表示日月星組合而成，古人認為日月星會垂示吉凶的現象，讓人們趨吉避凶。「神」字的右邊是「申」，在古時候「申」與「電」有同樣的意思，是表示神靈顯威跟雷電大作一樣，都有不可抵禦、預測的威力。

**給小朋友的話：**

三國時代蜀漢有一位很有名的軍師叫諸葛亮，他常常被人稱讚為「料事如神」、「神機妙算」，你還知道三國裏的其他英雄嗎？

| | guǐ |
| --- | --- |
| | 鬼 |

世上到底有沒有鬼呢？這是連科學家也很難明確回答的問題。神鬼的說法是很早以前就有，古人在造「鬼」字時，是把它仿照人跪坐着的形體來畫的，然後把鬼的頭「田」畫得特別大，旁邊是「厶」字，「厶」有陰私、不正的意思。古人也怕鬼，總是想着鬼那樣大大的腦袋中，一定裝滿了害人的想法。

**給小朋友的話：**

「平時不做虧心事，半夜不怕鬼敲門。」小朋友，假如你平時沒有做什麼違背良心的事，那麼走夜路或睡覺時也不用怕會不會有鬼噢！

◎「鬼」字的演變過程：

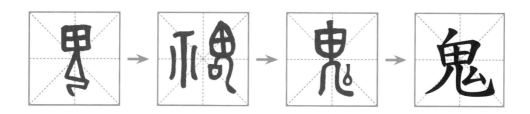

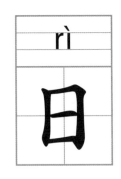

日 rì

太陽出來了，也是一天的開始，火熱熱的太陽不停地將它的能源往外放射，提供地球生物生長所需的照明與能量來源，所以在金文裏還特別把日光四射的樣子畫出來「☼」。

「日」的造型中，「口」是畫太陽的形狀，中間的「一」則表示太陽裏有小黑點在移動。古人的觀察真是很細微，現代科學家已經探究出那些小黑點就是「太陽黑子」。

dàn
旦

你有沒有看過日出呢？一顆像鹹鴨蛋黃一樣的太陽，慢慢地先有微弱的亮光出現，把四周的景物都映照出很漂亮的光環，然後很快地太陽的整張臉就露出地平線上了，剛剛上升的太陽光線還不是很強烈，所以不會很刺眼。

「旦」這個字就是清晨太陽剛要從地面升起來的樣子，上面的「☉」表示太陽，下面的「一」則表示地面或地平線。

**給小朋友的話：**

有沒有注意過天上的太陽每天都很辛苦的從東邊走到西邊，然後才跟月亮交班去休息呢？其實在每一個時辰的太陽或月亮的顏色、亮度與位置都會不一樣噢！

16

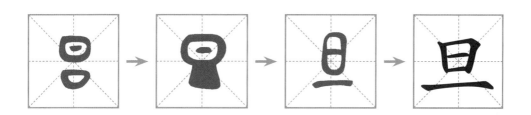

**zǎo**

# 早

「公雞啼，小鳥叫，太陽出來了⋯⋯」按
掉會跟你說「早安」（good morning）的鬧鐘
後，又是一天的開始。古人在造「早」字時，
就是看到太陽已經爬升到草上，所以「早」字
上半部是太陽「☉」，下半部則是草的古字
「ψ」。因為古時候的人沒有電，所以陽光對
他們來說很重要，一看到太陽出來了，就不能
偷懶賴牀，必須趕緊出門工作了。

---

**給小朋友的話：**

「一日之計在於晨」，每天起牀刷牙洗臉
後，有沒有先檢查自己的書包，看看該帶的東西
有沒有準備好呢？一切都整理妥當後，就可以愉
快的吃早餐、出門上學囉！

◎「早」字的演變過程：

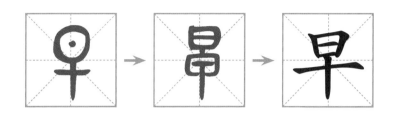

# xù
# 旭

chuán shuō gǔ shí hou tiān shàng yǒu shí gè tài yáng，tā men yì qǐ zhào
傳 說 古 時 候 天 上 有 十 個 太 陽，它 們 一 起 照

shè dà dì，bǎ tǔ dì dōu shài liè le，dòng zhí wù yě kuài bèi shài sǐ
射 大 地，把 土 地 都 曬 裂 了，動 植 物 也 快 被 曬 死

le。zhè shí hou chū xiàn le yí gè jiào hòu yì de shén jiàn shǒu，tā ná
了。這 時 候 出 現 了 一 個 叫 后 羿 的 神 箭 手，他 拿

qǐ shén jiàn shè diào le jiǔ gè tài yáng，zhǐ bǎo liú yí gè tài yáng。xiǎng
起 神 箭 射 掉 了 九 個 太 陽，只 保 留 一 個 太 陽。想

xiǎng kàn，tóng shí yǒu zhè me duō de tài yáng yì qǐ zài tiān shàng zhào shè，
想 看，同 時 有 這 麼 多 的 太 陽 一 起 在 天 上 照 射，

huì shì zěn yàng de qíng xíng？zài gǔ dài，shù mù zì yǐ「jiǔ」zuì
會 是 怎 樣 的 情 形？在 古 代，數 目 字 以「九」最

dà，suǒ yǐ gǔ rén bǎ「jiǔ」hé「日」zǔ hé qi lai zào chū
大，所 以 古 人 把「九」和「日」組 合 起 來 造 出

xù zì，biǎo shì tài yáng gāng shēng qǐ、dà fàng guāng míng
「旭」字，表 示 太 陽 剛 升 起、大 放 光 明。

gěi xiǎo péng you de huà
## 給 小 朋 友 的 話：

xù rì dōng shēng shì shuō zǎo chén de tài yáng gāng cóng dōng bian shēng
「旭 日 東 升」是 說 早 晨 的 太 陽 剛 從 東 邊 升

qǐ chōng mǎn zhāo qì huó lì de yì si xiǎo péng you shuì le yì wǎn de
起，充 滿 朝 氣 活 力 的 意 思，小 朋 友，睡 了 一 晚 的

hǎo jiào shì bu shì xǐng lái zhī hòu yě jué de hún shēn chōng mǎn jīng lì kě
好 覺，是 不 是 醒 來 之 後 也 覺 得 渾 身 充 滿 精 力，可

yǐ hǎo hǎo yòng gōng le ne
以 好 好 用 功 了 呢？

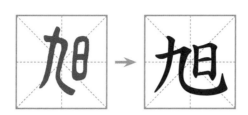

| mù |
|---|
| **暮** |

當太陽落到草中，也就是白天將要結束的時候。所謂的「日暮」，就是指太陽下山，四周開始昏暗的意思。「暮」字最原始時寫作「莫」，是表示太陽「⊙」在眾草「屮屮」中的樣子；「暮」是後來才造的字，在「莫」下加一個太陽，用來強調太陽已經落到草下面了，天要黑了。

**給小朋友的話：**

天黑了，該回家了！雖然現在晚上有電燈照路，可是太晚還逗留在外面是一件很危險的事，因為外面的壞人多，所以應該要早點回家免得父母擔心。

◎「暮」字的演變過程：

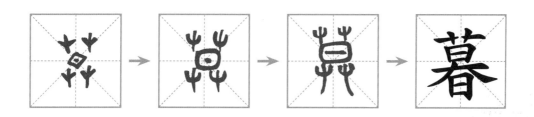

míng

# 明

yuè guāng cóng chuāng hu zhào le jìn lai　　bǎ shì nèi zhào de guāng míng yí
月光從窗戶照了進來，把室內照得光明一

piàn　　zài gǔ dài　　míng　　zì de zuǒ bian shì　　　　biǎo shì
片。在古代，「明」字的左邊是「☒」，表示

chuāng hu　　yòu bian de　　　　biǎo shì yuè liang　　yīn wèi zhè ge zì shì
窗戶；右邊的「☽」表示月亮。因為這個字是

biǎo shì yuè guāng zhào jìn chuāng hu de yàng zi　　suǒ yǐ tā de běn yì yǒu
表示月光照進窗戶的樣子，所以它的本義有

zhào　　　　guāng míng　　de yì si　　lìng wài yě yǒu rén shuō
「照」、「光明」的意思；另外也有人說

míng　　zì de zuǒ bian bú shì biǎo shì chuāng hu　　ér shì zhǐ tài yáng
「明」字的左邊不是表示窗戶，而是指太陽，

yú shì　　míng　　zì jiù chéng le rì yuè yì qǐ dà fàng guāng míng de yì
於是「明」字就成了日月一起大放光明的意

si　　zhè yàng de jiě shì yě hěn hé lǐ
思，這樣的解釋也很合理。

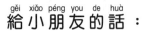

gěi xiǎo péng you de huà
**給小朋友的話：**

zuò rén zuò shì shí yào néng gòu　　míng biàn shì fēi　　　　yīn wèi zhèng què
做人做事時要能夠「明辨是非」，因為正確

de biàn bié shén me shì duì de　　shén me shì cuò de　　　shì hěn zhòng yào de
地辨別什麼是對的、什麼是錯的，是很重要的。

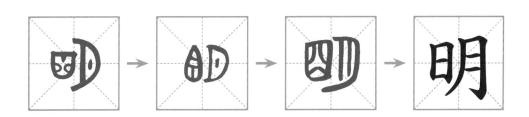

25

yuè

月

月牙兒彎彎地高掛天空，好像天空在微
笑。古時候的人因為看月亮以不是滿月的時候
居多，所以在造「月」字時，就以它比較常態
出現的月虧時的樣子為依據，用「ᗪ」來表
示。其實對和地球關係最為密切的兩個星球
——太陽與月球來說，在造字的時候，把日
「☉」、月「ᗪ」的形體作這樣的區分是很妥
當的。

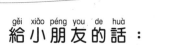

**給小朋友的話：**

「光陰似箭，歲月如梭」是說時光流逝飛快
的意思。因為時間過得很快，所以要好好把握時
間，不貪玩或貪睡把時間浪費掉噢！

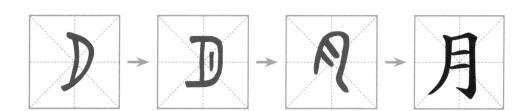

xīng

# 星

gǔ shí hou de yè kōng yīn wèi méi yǒu dēng guāng gān rǎo　　suǒ yǐ bǐ
古時候的夜空因為沒有燈光干擾，所以比

xiàn zài gèng hēi　　xīng xing yě jiù kàn qi lai gèng liàng　　gèng qīng chu
現在更黑，星星也就看起來更亮、更清楚。

jīng　　shì　　xīng　　zì de gǔ wén　　biǎo shì tiān shàng de xiǎo xīng xing
「晶」是「星」字的古文，表示天上的小星星

sān sān liǎng liǎng jù zài yì qǐ de yàng zi　　　xīng　　zì běn lái xiě zuò
三三兩兩聚在一起的樣子。「星」字本來寫做

　　　　　shàng mian de　　　　　biǎo shì hěn duō xīng xing　　xià mian de
「曐」，上面的「晶」表示很多星星，下面的

　　　biǎo shì shù mù　　yì si shì tòu guò shù yè fèng xì　　kě yǐ
「生」表示樹木，意思是透過樹葉縫隙，可以

kàn dào xīng xing guà zài tiān shàng　　hòu lái　　　　shěng lüè wéi
看到星星掛在天上。後來「曐」省略為「星」，

chéng le　　xīng　　zì
成了「星」字。

gěi xiǎo péng you de huà
**給小朋友的話：**

xīng yí dǒu zhuǎn　　de yì si shì biǎo shì xīng xing zài tiān shàng zhuǎn biàn
「星移斗轉」的意思是表示星星在天上轉變

le wèi zhì　　　　dǒu　　shì zhǐ běi dǒu xīng　　nǐ kě yǐ zhù yì kàn měi gè
了位置。「斗」是指北斗星，你可以注意看每個

jì jié de yè kōng　　dōu huì yǒu bù yí yàng de xīng xing pái liè zài shàng mian
季節的夜空，都會有不一樣的星星排列在上面

哦！

◎「星」字的演變過程：

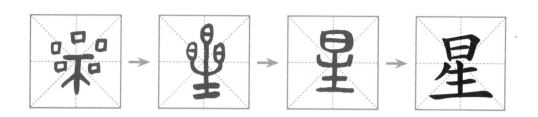

yún

## 雲

nǐ kàn guò kǎ tōng li sūn wù kōng qí chéng de jīn dǒu yún ma kàn
你看過卡通裏孫悟空騎乘的觔斗雲嗎？看

qǐ lai hěn xiàng juǎn le yì quān yòu yì quān de bái mián hua gǔ shí hou
起來很像捲了一圈又一圈的白棉花。古時候

yún jiù shì xiě chéng yún zì de yàng zi hòu lái yīn wèi yào
「雲」就是寫成「云」字的樣子，後來因為要

tè bié biǎo shì tā huì jù jí shī qì jiàng xià yǔ dī suǒ yǐ zài jiā shàng
特別表示它會聚集濕氣降下雨滴，所以再加上

yǔ piān páng lái qiáng diào yún biàn shì yún duǒ shū juǎn de yàng
「雨」偏旁來強調。「云」便是雲朵舒卷的樣

zi yún shì yóu piáo fú zài bàn kōng zhōng de shuǐ zhēng qì lěi jī ér
子。「雲」是由飄浮在半空中的水蒸氣累積而

chéng de bǐ jiào kào jìn dì miàn de jiù shì wù
成的，比較靠近地面的就是「霧」。

gěi xiǎo péng you de huà
### 給小朋友的話：

bái yún cāng gǒu zhè jù chéng yǔ shì jiè yòng yún duǒ xíng zhuàng biàn huà
「白雲蒼狗」這句成語是借用雲朵形狀變化

de xùn sù lái biǎo shì shì shì biàn huà kuài sù nǐ yǒu zhù yì guò yún duǒ měi
的迅速來表示世事變化快速。你有注意過雲朵每

fēn měi miǎo dōu zài gǎi biàn xíng zhuàng ma kě duō yùn yòng nǐ de xiǎng xiàng lì lái
分每秒都在改變形狀嗎？可多運用你的想像力來

kàn yún o
看雲哦！

◎「雲」字的演變過程：

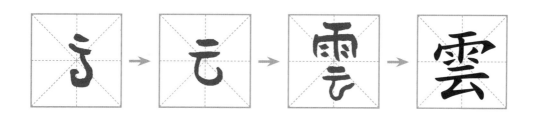

ㄓ → 云 → 雲 → 雲

léi

雷

天空中一塊帶正電的雲慢慢地飄，遇到了另一塊帶負電的雲，兩塊雲碰在一起，正負電發生反應，便產生「放電」，然後就會有很強烈的光和聲音出現。這道強光就是閃電，像大鼓在敲擊的聲音就是雷聲。因為打雷的聲音像打鼓，所以金文中的「雷」字就有很多像鼓聲的「⊕」符號；又因為雷電交加時通常都會下雨，所以再加一個「雨」偏旁來強調。

**給小朋友的話：**

「雷聲大，雨點小」有虛張聲勢、把話說得很有氣勢或很有計劃，可是卻沒有行動的意思。小朋友，你有沒有發生過這種狀況呢？

◎「雷」字的演變過程：

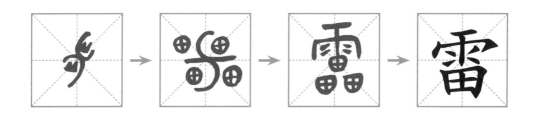

diàn

電

shǎn diàn dǎ léi de shí hou shì xiān kàn dào shǎn diàn hái shì xiān
閃 電 打 雷 的 時 候 ， 是 先 看 到 閃 電 ？ 還 是 先

tīng dào léi shēng zhèng què dá àn shì xiān kàn dào shǎn diàn zhè shì yīn wèi
聽 到 雷 聲 ？ 正 確 答 案 是 先 看 到 閃 電 ， 這 是 因 為

guāng sù bǐ yīn sù kuài de yuán gù jiǎ gǔ wén li de 「 diàn 」 huà de
光 速 比 音 速 快 的 緣 故 。 甲 骨 文 裏 的 「 電 」 畫 的

jiù shì shǎn diàn yǒu qū zhé de yàng zi dào le jīn wén shí jiù zài jiā
就 是 閃 電 有 曲 折 的 樣 子 ； 到 了 金 文 時 ， 就 再 加

yí gè 「 yǔ 」 piān páng yòng lái qiáng diào shǎn diàn dǎ léi hòu hěn kuài
一 個 「 雨 」 偏 旁 ， 用 來 強 調 閃 電 打 雷 後 ， 很 快

de jiù huì xià yǔ le
地 就 會 下 雨 了 。

◎「電」字的演變過程：

35

# qì

# 氣

在山上，常常可以看到稀薄的雲飄在距離地面不遠的地方，那就是雲氣；當雲氣聚集比較多，飄到高高的天空，才叫「雲」。古人看到、感覺到雲氣的存在，而且雲氣是往上飄的，所以畫三畫的「三」來表示有很多雲氣重疊着往天上飄，然後畫得稍微往上曲是表示雲氣正在流動。後來這個字——气變成部首，在這個部首裏的字都跟氣體有關。

**給小朋友的話：**

「氣味相投」是表示雙方的思想、性格、志趣一致，很合得來的意思。小朋友，在你的生活周遭有沒有人跟你「氣味相投」呢？

36

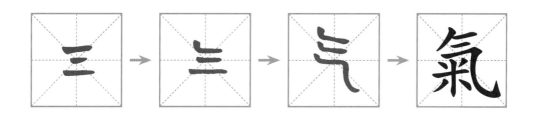

三 → 二 → 气 → 氣

fēng

風

kōng qì liú dòng jiù huì chǎn shēng fēng　　dì miàn shang gè dì de wēn dù
空 氣 流 動 就 會 產 生 風。 地 面 上 各 地 的 溫 度

bù yí zhì　　wēn dù shēng gāo shí　　kōng qì shòu rè péng zhàng biàn qīng le jiù
不 一 致， 溫 度 升 高 時， 空 氣 受 熱 膨 脹 變 輕 了 就

wǎng shàng piāo　　páng biān de kōng qì jiù huì liú dòng guò lai tián bǔ　　yú shì
往 上 飄， 旁 邊 的 空 氣 就 會 流 動 過 來 填 補， 於 是

jiù chǎn shēng kōng qì de liú dòng　　zhè jiù shì fēng de yóu lái　　yǒu yí jù
就 產 生 空 氣 的 流 動， 這 就 是 風 的 由 來。 有 一 句

kōng xué lái fēng　　de chéng yǔ　　gāng hǎo kě yǐ shuō míng　　fēng　　shì
「空 穴 來 風」 的 成 語， 剛 好 可 以 說 明「風」是

zěn me chǎn shēng de　　fēng　　zì de shàng bàn bù　　∩　　biǎo shì dòng
怎 麼 產 生 的。「風」字 的 上 半 部「∩」表 示 洞

xué　　xià bàn bù　　乁　　zé biǎo shì cóng dòng xué liú dòng chu lai de
穴， 下 半 部「乁」則 表 示 從 洞 穴 流 動 出 來 的

fēng
風。

---

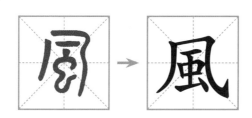

yùn

暈

nǐ yǒu méi yǒu kàn guò tài yáng huò yuè liang de sì zhōu huán rào zhe yì
你有沒有看過太陽或月亮的四周環繞着一

quān guāng yùn　jiǎ gǔ wén de 「yùn」zì xiě zuò　zhōng jiān
圈光暈？甲骨文的「暈」字寫做「⊟」，中間

de 「日」biǎo shì tài yáng　sì zhōu de 「二」zé biǎo shì bèi tài
的「日」表示太陽，四周的「二」則表示被太

yáng zhé shè de yuán xíng guāng huán　hòu lái 「yùn」zì de xià mian gǎi chéng
陽折射的圓形光環；後來「暈」字的下面改成

「軍」，zhè shì yīn wèi jūn duì de gōng zuò zhǔ yào shì wéi gōng huò huán
「軍」，這是因為軍隊的工作主要是圍攻或環

shǒu　ér zài rì yuè sì zhōu huán rào le yì quān de guāng yùn　zé gēn jūn
守，而在日月四周環繞了一圈的光暈，則跟軍

duì de wéi shǒu yǒu jǐ fēn xiāng sì
隊的圍守有幾分相似。

gěi xiǎo péng you de huà
**給小朋友的話：**

zhōng guó zì hěn hǎo wán　nǐ kàn 「yùn」hé 「huī」liǎng gè zì
中國字很好玩，你看「暈」和「暉」兩個字

dōu shì yóu 「rì」hé 「jūn」suǒ zǔ hé chéng de　kě shì liǎng gè zì
都是由「日」和「軍」所組合成的，可是兩個字

de dú yīn hé yì si què dōu bù yí yàng　chá cha zì diǎn kàn tā men yǒu shén
的讀音和意思卻都不一樣！查查字典看它們有什

me bù tóng
麼不同？

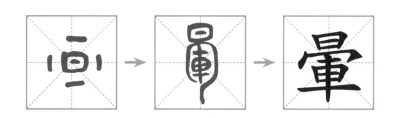

# shuǐ
# 水

有了陽光之後，還要有水才能夠使萬物生長。古人最常看到水的地方就是河川，他們注意到河川中央比較深的地方水流比較平順，兩旁靠近岸邊的地方水比較淺，水流遇到的阻礙也比較多，所以造成的波浪比較多，看起來就像水流時斷時續一樣。所以「水」字中央的「乚」是表示水流平順的樣子，兩旁的「∵」則表示水流時斷時續的樣子。

## 給小朋友的話：

俗話說「吃果子拜樹頭」的意思就是指人要「飲水思源」，要常常想着你今天能夠擁有的這些東西是怎麼來的？做人要常存感恩的心！

◎「水」字的演變過程：

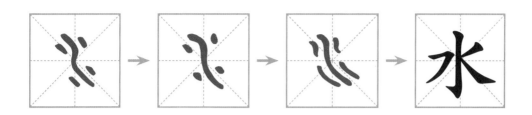

# 雨 yǔ

shuǐ cóng nǎ li lái ne yǒu yí bù fen shì cóng tiān shàng jiàng yǔ xià
水從哪裏來呢？有一部分是從天上降雨下

lái de dì miàn shang de shuǐ zhēng fā dào kōng qì zhōng yù lěng níng jié chéng
來的。地面上的水蒸發到空氣中，遇冷凝結成

yún děng dào yún li de shī dù lěi jī dào yí dìng de chéng dù chāo guò
雲，等到雲裏的濕度累積到一定的程度，超過

kōng qì de fú lì zhī hòu jiù huì xià jiàng biàn chéng yǔ zhè yí gè guò
空氣的浮力之後，就會下降變成雨，這一個過

chéng jiù shì shuǐ de xún huán yǔ zì de biǎo shì tiān
程就是水的循環。「雨」字的「一」表示天

kōng biǎo shì yún ér zé biǎo shì lián xù bù tíng
空，「冂」表示雲，而「⁝」則表示連續不停

de diào xia lai de shuǐ dī
地掉下來的水滴。

gěi xiǎo péng you de huà
**給小朋友的話：**

nǐ duì xiǎo shuǐ dī de lǚ xíng shì bú shì hěn gǎn xìng qù gǔ rén
你對小水滴的旅行是不是很感興趣？古人

shuō dú wàn juàn shū xíng wàn lǐ lù dú shū kě yǐ zēng zhǎng jiàn
說：「讀萬卷書，行萬里路」，讀書可以增長見

wén lǚ xíng yě kě yǐ o
聞，旅行也可以哦！

◎「雨」字的演變過程：

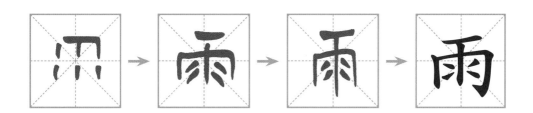

lín

霖

「久旱逢甘霖」是人生四大樂事之一，
「霖」是指下了很久的雨。「霖」字的下面是
「林」，「林」是很多樹木聚集在一起，所以
有「眾多」的意思；雨下很久，也有雨水眾
多、豐沛的意思，所以「霖」字的下面就用了
「林」來當作聲符（表示聲音的符號）。而雨
下在樹林裏，下了很久又很多的雨水，樹木又
能夠涵養水源，水當然就會很豐沛啦！

**給小朋友的話：**

「有水當思無水之苦」，現代人只要打開水
龍頭就會有自來水流出來，因為得到水太容易
了，常會造成水資源的浪費，一旦停水就苦不堪
言，所以我們必須要好好的珍惜水噢！

46

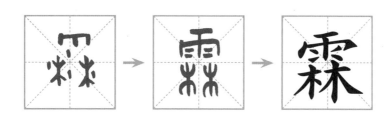

xuě

雪

nǐ yǒu wán guò dǎ xuě zhàng huò duī xuě rén ma nǐ xiǎng guò xuě cóng
你 有 玩 過 打 雪 仗 或 堆 雪 人 嗎 ？ 你 想 過 雪 從

nǎ li lái de ma tiān kōng zhōng de shuǐ qì dāng wēn dù tài dī shí jiù huì
哪 裏 來 的 嗎 ？ 天 空 中 的 水 氣 當 溫 度 太 低 時 就 會

zhí jiē níng jié chéng bīng jīng zhè ge bīng jīng jiù shì xuě huā gǔ rén kàn
直 接 凝 結 成 冰 晶 ， 這 個 冰 晶 就 是 雪 花 。 古 人 看

dào xià xuě jué de xuě gēn yǔ dī yí yàng shì cóng tiān kōng piāo xia lai
到 下 雪 ， 覺 得 雪 跟 雨 滴 一 樣 是 從 天 空 飄 下 來

de kě shì què kě yǐ yòng shǒu ná suǒ yǐ bǎ xuě de shàng bàn bù xiě
的 ， 可 是 卻 可 以 用 手 拿 ， 所 以 把 雪 的 上 半 部 寫

zuò yǔ ér xià bàn bù de shǒu zé shì yòng lái qiáng diào
做 「 雨 」 ， 而 下 半 部 的 手 「 彐 」 則 是 用 來 強 調

xuě shì kě yǐ yòng shǒu ná de
雪 是 可 以 用 手 拿 的 。

gěi xiǎo péng you de huà
**給 小 朋 友 的 話 ：**

xuě zhōng sòng tàn shì zhǐ zài hán lěng de xuě tiān zhōng gěi xū yào
「 雪 中 送 炭 」 是 指 在 寒 冷 的 雪 天 中 ， 給 需 要

de rén sòng tàn huǒ qǔ nuǎn yòng lái bǐ yù zài bié rén yǒu kùn nan huò shì xū
的 人 送 炭 火 取 暖 ， 用 來 比 喻 在 別 人 有 困 難 或 是 需

yào shí gěi yǐ bāng zhù xiǎo péng you dāng nǐ kàn dào bié rén yǒu kùn nan shí
要 時 給 以 幫 助 。 小 朋 友 ， 當 你 看 到 別 人 有 困 難 時

huì bu huì shēn chū yuán shǒu ne
會 不 會 伸 出 援 手 呢 ？

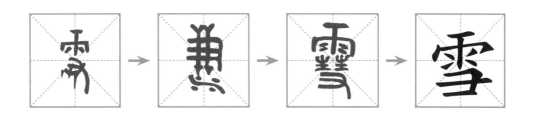

# bīng

# 冰

把一杯水放到冰箱冷凍庫裏，等它結冰以後再拿出來，有沒有看到冰的表面在中間的部分會凸起來？有時要是冰凍得太久，中間凸起來的部分還會裂開呢！古人看到水結冰時中央會凸起裂開，所以就造了「」這個字來表示結冰的樣子，後來為了要特別說明冰是水結成的堅硬固體物，所以就加了「水」的偏旁來強調。

**給小朋友的話：**

「冰凍三尺，非一日之寒」的意思是說冰會凍結三尺並不是一天的寒冷所造成的，事情會演變成現在這樣也不是一朝一夕所形成的。所以我們在做每一件事之前都要先想清楚噢！

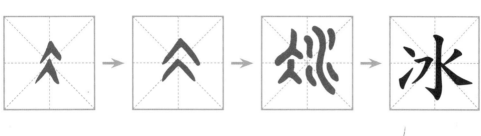

# hán 寒

冬天到了，天氣變得非常寒冷，人們都躲在家裏，把身體窩在棉被裏取暖。古人在造「寒」字的時候，就把人因為寒冷而取暖的樣子畫出來了。「寒」字上面的「宀」表示屋頂，中間的「茻」表示人窩在用草做成的暖墊子裏，下面的「仌」表示「冰」，腳底冷得像是踩在冰上，的確是夠寒冷了。

## 給小朋友的話：

什麼時候你會「寒毛直豎」呢？是不是當你緊張或害怕的時候呢？這是因為當人碰到外界的刺激時毛孔會收縮，汗毛也跟着豎立起來的緣故，下次可以仔細觀察身體在碰到不同情況時的反應噢！

# quán 泉

從天空降下的雨水，有一部分又蒸發回空中，一部分流到其他地方去，還有一部分則順着巖石縫隙流到地下，變成地下水，這些地下水在地底往低處流啊流的，假如它們在山坡找到出口重新流回地面，就成了泉水。看看「泉」字的上半部「白」像不像泉穴？下面的「水」就是從泉穴裏流出的水，這些水會一直往前流，變成河川的源頭，「源」這個字的右半邊也是從「泉」演變來的。

**給小朋友的話：**

每一種事物都有它的源頭，你知道自己的祖先是從哪裏來的嗎？

◎「泉」字的演變過程：

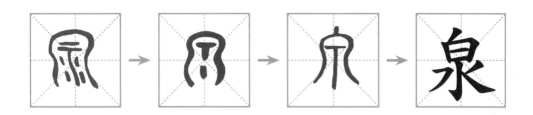

yǒng

# 永

在古文裏，「永」字是被畫成兩條長長的流水在途中相會、聚集之後，成為一條長長的河流繼續往前奔流的樣子。這樣的河流因為有其他的水流匯集進來，所以能夠源源不絕的流下去，因此也就有了「長遠」、「久遠」的意思，現在「永」字的用法仍有保留它的本義，像「永遠」即是。

**給小朋友的話：**

剛學毛筆字的時候，老師總會從「永字八法」開始教起，你知道為什麼要先學這個字嗎？

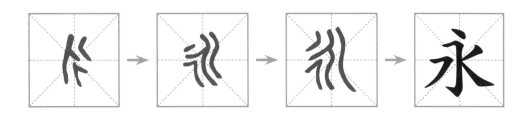

pài

# 派

shuǐ hé liú shì 「yǒng」 zì ; shuǐ fēn liú zé shì 「pài」
水 合 流 是 「永」 字 ; 水 分 流 則 是 「派」

zì 。 zài gǔ wén zhōng , 「pài」 zì běn lái méi yǒu zuǒ bian de shuǐ piān
字 。 在 古 文 中 , 「派」 字 本 來 沒 有 左 邊 的 水 偏

páng , huà de jiù xiàng shì 「yǒng」 zì zuǒ yòu xiāng fǎn de yàng zi 。
旁 , 畫 得 就 像 是 「永」 字 左 右 相 反 的 樣 子 。

「𣲖」 biǎo shì de jiù shì shuǐ de zhī liú , hòu lái yòu zài jiā shàng yí
「𣲖」 表 示 的 就 是 水 的 支 流 , 後 來 又 再 加 上 一

gè 「shuǐ」 piān páng , yòng lái qiáng diào shì yóu yì tiáo dà hé liú fēn chū
個 「水」 偏 旁 , 用 來 強 調 是 由 一 條 大 河 流 分 出

qu de xiǎo zhī liú , suǒ wèi de 「fēn pài」 yuán yóu zài cǐ 。 xiàn zài
去 的 小 支 流 , 所 謂 的 「分 派」 緣 由 在 此 。 現 在

cháng cháng tīng dào de mǒu mǒu pài bié , běn yì yě shì cóng zhè li lái de 。
常 常 聽 到 的 某 某 派 別 , 本 義 也 是 從 這 裏 來 的 。

gěi xiǎo péng you de huà
**給 小 朋 友 的 話:**

nǐ zài kàn wǔ xiá jù de shí hou shì bu shì cháng huì kàn dào hěn duō wǔ
你 在 看 武 俠 劇 的 時 候 是 不 是 常 會 看 到 很 多 武

gōng de pài bié ? xiàng wǔ dāng pài 、 é méi pài 、 shào lín pài děng děng , nǐ
功 的 派 別 ? 像 武 當 派 、 峨 嵋 派 、 少 林 派 等 等 , 你

zuì xǐ huan nǎ yí gè pài bié de wǔ gōng ? liàn wǔ gōng shì yào qiáng shēn 、 fáng
最 喜 歡 哪 一 個 派 別 的 武 功 ? 練 武 功 是 要 強 身 、 防

wèi , ér bú shì lái dǎ jià o !
衛 , 而 不 是 來 打 架 噢 !

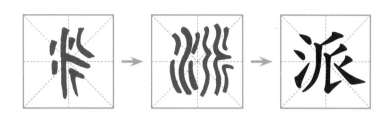

zhī

# 汁

yǒu chān zá qí tā wù zhì de shuǐ jiù jiào zhī kàn
有摻雜其他物質的水就叫「汁」。看

zhī zì zuǒ bian shì shuǐ yòu bian shì shí
「汁」字，左邊是水「氵」，右邊是十

shí yǒu hěn duō hěn zá de yì si xiǎng xiang kàn
「十」，「十」有很多、很雜的意思。想想看

nǐ chī fàn shí jiāo zài fàn shang de ròu zhī tāng zhī huò shì zuì xǐ huan
你吃飯時澆在飯上的肉汁、湯汁，或是最喜歡

hē de guǒ zhī shì bu shì dōu yóu hěn duō qí tā wù zhì hé shuǐ huò yè
喝的果汁，是不是都由很多其他物質和水或液

tǐ yì qǐ zǔ hé ér chéng de lìng wài bāo hán zài wù tǐ lǐ miàn de shuǐ
體一起組合而成的？另外包含在物體裏面的水

yě jiào zhī xiàng shù zhī děng
也叫「汁」，像樹汁等。

gěi xiǎo péng you de huà
**給小朋友的話：**

xiě máo bǐ zì de shí hou shì bu shì yào yòng mò zhī ya hēi hēi de
寫毛筆字的時候是不是要用墨汁呀？黑黑的

mò zhī nòng zài shēn shang yī fu shang shì hěn nán qīng xǐ diào de suǒ yǐ zài
墨汁弄在身上、衣服上是很難清洗掉的，所以在

xiě máo bǐ zì shí yí dìng yào tè bié xiǎo xīn yǐ miǎn nòng de dào chù zāng xī
寫毛筆字時一定要特別小心，以免弄得到處髒兮

xī de
兮的。

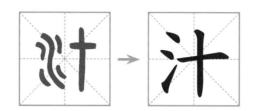

pào

# 泡

古時候的人最容易看到泡泡的地方就是在水邊。注意看漂浮在水邊的泡泡，是不是好像有其他東西被包在泡泡裏？泡泡裏有時候會包住一些髒東西，有時候包住的只是空氣而已。古人因為觀察了泡泡的樣子，所以就把「泡」的右邊用「包」來表示它的特性，看看包「包」這個字像不像有東西被包裹在裏面的樣子呢？

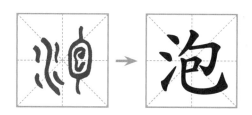

huǒ

火

人類最偉大的一件事就是懂得如何使用
火，所以就脫離了生食的階段。想想看，捕獲
一隻野豬，把牠的肉拿來生吃，這樣的肉會好
吃嗎？可是假如拿來烤，就香噴噴很好吃了。
古代的「火」字就是依照火在燃燒的樣子
「  」造出來的，「火」這個字像不像熊熊烈
火往上燃燒的樣子呢？

**給小朋友的話：**

「星星之火，可以燎原」是說只要一點點小
火星，就足以把一整片草原燒光。所以不管去郊
外燒烤或在家裏用火，都要很小心噢！

64

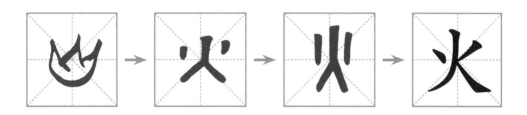

chì

赤

huǒ jiē chù dào gān zào de wù pǐn jí dà liàng de yǎng qì ，jiù huì
火接觸到乾燥的物品及大量的氧氣，就會
rán shāo de yuè lái yuè wàng shèng dà huǒ de yán sè shì bǐ hóng sè hái yào
燃燒得越來越旺盛。大火的顏色是比紅色還要
qiǎn yì diǎn yě jiù shì chì sè chì zhè ge zì jiù shì
淺一點，也就是「赤色」。「赤」這個字就是
yóu dà dà yǔ huǒ huǒ zǔ hé ér chéng de yòng lái biǎo shì
由大「大」與火「火」組合而成的，用來表示
xiàng dà huǒ de nà zhǒng yán sè
像大火的那種顏色。

gěi xiǎo péng you de huà
**給小朋友的話：**

huǒ yàn de yán sè yǒu hěn duō zhǒng yīn wèi rán shāo de wēn dù yǔ lǐ
火焰的顏色有很多種，因為燃燒的溫度與裏
miàn chān zá wù zhì de guān xì huì chǎn shēng gè zhǒng bù tóng de yán sè suǒ
面摻雜物質的關係，會產生各種不同的顏色，所
yǐ xiàng jié qìng shí fàng de yān huǒ jiù yǒu hěn duō hěn piào liàng de yán sè xiǎng
以像節慶時放的煙火就有很多很漂亮的顏色。想
yì xiǎng nǐ kàn guò nǎ xiē yán sè de yān huǒ
一想，你看過哪些顏色的煙火？

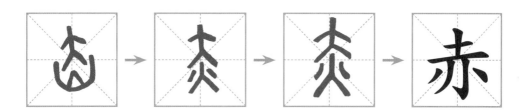

yān

# 煙

當物體燃燒時會產生煙。「煙」字原先就是依照在窗下「窗」用手「彐」拿火去燃燒東西，然後燃燒物的煙從窗戶飄出去的樣子來造的。因為燒東西時會產生大量的煙，煙會瀰漫飄散得整間室內都是，又熏眼又嗆人。在古代沒有抽油煙機，所以就要把窗戶打開，讓煙飄散出去。

**給小朋友的話：**

「煙消雲散」是比喻事物消失像雲煙飄散一樣，無影無蹤。小朋友，當你跟別人吵架鬧彆扭之後，是不是可以很快想開，把不高興的情緒都讓它煙消雲散呢？

窗 → 煙 → 煙

jiāo

焦

sēn lín fā shēng dà huǒ bǎ sēn lín li jí máng táo shēng de xiǎo niǎo
森林發生大火，把森林裏急忙逃生的小鳥

men dōu kǎo jiāo le gǔ rén dì yí cì zhī dào yòng huǒ jiù shì yīn wèi
們都烤焦了。古人第一次知道用火，就是因為

sēn lín dà huǒ bǎ yě shòu de ròu dōu kǎo shú le gǔ rén bǎ zhè xiē ròu
森林大火把野獸的肉都烤熟了。古人把這些肉

ná lái chī jué de bǐ shēng chī hái hǎo chī yú shì jiù kāi shǐ fā míng
拿來吃，覺得比生吃還好吃，於是就開始發明

yòng huǒ bú guò huǒ tài dà de huà shí wù yě shì huì bèi kǎo jiāo
用火；不過火太大的話，食物也是會被烤焦

de jiāo zì de shàng mian běn lái yǒu sān zhī niǎo biǎo shì hěn duō
的。「焦」字的上面本來有三隻鳥（表示很多

niǎo de yì si hòu lái shěng lüè biàn chéng yì zhī xià mian shì yì
鳥的意思，後來省略，變成一隻），下面是一

bǎ huǒ yòng dà huǒ kǎo xiǎo niǎo jiù bǎ xiǎo niǎo kǎo jiāo le
把火，用大火烤小鳥，就把小鳥烤焦了。

gěi xiǎo péng you de huà
**給小朋友的話：**

píng shí méi yǒu wēn xí gōng kè de huà děng dào xué xiào kǎo shì de shí
平時沒有溫習功課的話，等到學校考試的時

hou jiù huì jué de jiāo tóu làn é bù zhī dào gāi xiān kàn nǎ běn
候，就會覺得「焦頭爛額」，不知道該先看哪本

shū zhǔn bèi nǎ ge kē mù hǎo le zhè shí jiù zhēn de yìng yàn le nà jù
書、準備哪個科目好了。這時就真的應驗了那句

píng shí bù shāo xiāng lín shí bào fó jiǎo de sú yàn le
「平時不燒香，臨時抱佛腳」的俗諺了。

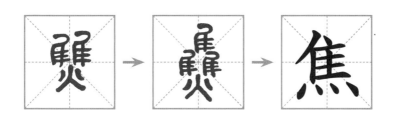

huī

# 灰

火把東西燒光了，就會剩下一堆灰燼。
「灰」是指可以用手拿起來、被火燒完後的剩餘物，古人在造「灰」字的時候，就是取這個意思。「灰」的上半部「彐」是手，下半部「火」是火，用來表示可以被拿起來、火燒完後的剩餘物，也就是灰燼。

## 給小朋友的話：

「灰心喪氣」的意思是說因為碰到挫折或失敗而失去信心、意氣消沉；失敗或挫折是每個人一生中都會碰到的，碰到時要當作是在考驗你的能力、讓你更加學習進步，千萬不可以因此而灰心喪氣了噢！

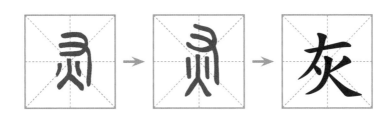

fén

# 焚

「焚」這個字是由「林」和「火」所組成
的，也就是放火燒樹林的意思。古時候的人放
火燒林是為了要讓樹林裏的灌木或雜草枯焦，
以便打獵。因為要是樹林中的雜木亂草太多，
對於追捕獵物是一件很困難的事，所以在打獵
之前要先把那些雜亂的草木清理一下。現代人
注重環保與保護野生動物，當然焚林的舉動就
不被允許了。

## 給小朋友的話：

到山裏去郊遊燒烤，要記得用水把火澆熄撲
滅才可以離開，以免不小心留下火苗造成火燒山
事件，那就很糟糕了。

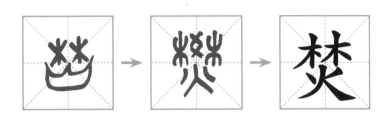

## zāi 災

天災很可怕，像地震、火山爆發的發生，常常是人力無法抗拒的。古人造「災」字時，是根據他們所遭遇的災害來想的。「災」的上半部「巛」，是河川「巛」被「一」阻斷的意思，河川被阻斷就會鬧水災了；然後在這個有「害」意思的字下方加一個「火」，就變成火災了。火災跟水災都是人類最常碰到的災害，所以古人造了這個字來警惕自己要小心。

**給小朋友的話：**

有很多災害都是可以預先防範的，所謂「防範於未然」就是這個意思，平常也可以多訓練自己的應變能力，這樣災害突然來臨時，就能夠迅速逃生。

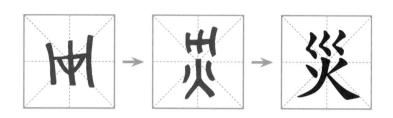

77

shān

# 山

在很久很久以前的「舊石器時代」晚期，有一羣人住在山頂的洞裏過生活。後來民國初年的時候，他們的化石被挖出來。這些人是人類很早以前的祖先，我們叫他們「山頂洞人」。所以人類最原始時也跟動物一樣，都是住在山裏的。看看「山」這個字的甲骨文「」，像不像山峯和山谷連綿不絕的樣子呢？

**給小朋友的話：**

「山外有山，人外有人」是說一山還有一山高，一人還有一人強。所以我們做人一定要謙虛，不可以志得意滿、太驕傲噢！

◎「山」字的演變過程：

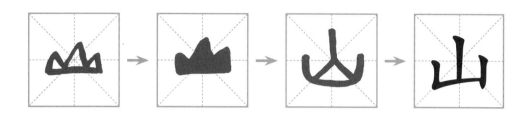

# shí
# 石

古人在造「石」字時，一定看過土石從山坡或山崖往下滾落的景象，所以石的上半部「厂」是畫山坡的樣子，下半部「口」則畫滾落在山邊的石子。石頭是怎樣來的呢？在地底溫度很高的地方，所有物質都會被熔化了，假如這些被熔化的物質往上流到地面，因為地表的溫度較低，所以會凝結成許多固體礦物，這些礦物就是各種石頭的來源。

## 給小朋友的話：

你知不知道石頭跟小水滴一樣，也有有趣的旅行過程？想想看，小石頭的旅行是怎樣的？會不會充滿驚險與刺激呢？旅行到最後，小石頭會變成什麼？

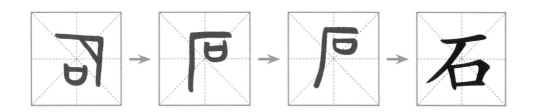

$$\text{司} \rightarrow \text{尸} \rightarrow \text{尸} \rightarrow \text{石}$$

# shā 沙

小石頭旅行到最後會漸漸變成一粒粒的小沙子。因為它們或者經過風吹雨打日曬漸漸碎裂，都會慢慢地變小。原來尖尖的棱角都會在一站又一站的旅途中被磨圓、磨平。這些到河流中旅行的小沙子們，只有在水比較少、比較淺的地方才能夠看見。所以「沙」這個字很有意思，水少「沙」就可以看見了，這就是它的造字由來。

## 給小朋友的話：

你有沒有注意過，每個沙灘的沙形狀跟樣子都不大一樣？有的地方是白白的貝殼沙，有的地方是黑色的玄武巖沙……下次去沙灘玩時，可以多觀察它們有什麼不同噢！

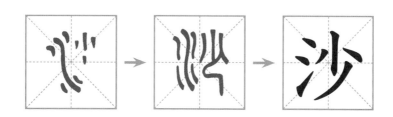

# 土 (tǔ)

　　大地是萬物之母，因為很多生物都是由土地生養出來，然後依照食物鏈的關係，生生不息地在地球上生長、活動。「土」字下面的「一」是表示大地，上面的「〇」則是表示有東西從土中冒出來。其實除了土地上的東西之外，還有很多礦物、生物也生長在地底下呢！所以大地也是蘊含豐富的資源之母。

## 給小朋友的話：

　　「我們只有一個地球」，可是我們常常在有意無意間傷害生養我們的地球媽媽，再這樣下去，地球媽媽就會生病死掉了。想想看，我們要怎樣做「環保」，讓地球媽媽恢復健康？

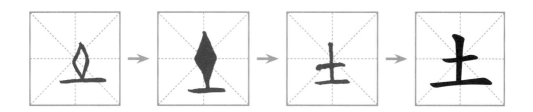

85

## chén

## 塵

鹿有修長的四條腿，牠們很擅長奔跑。當一羣鹿一起奔跑時，飛揚起來的塵土一定很多。在古文裏，凡是重複三個相同符號的字，都有「眾多」的意思。「塵」字就是按照眾多奔跑的鹿，讓塵土飛揚起來的樣子來造的。後來「塵」字上頭的三隻鹿省略為一隻鹿，仍是表示「塵土」的意思。

### 給小朋友的話：

「黎明即起，灑掃庭除」是古人傳給子孫的庭訓，意思是指一大早起牀，要先把居住環境打掃乾淨，再吃飯、做事。這是一種很好的生活習慣噢。

◎「塵」字的演變過程：

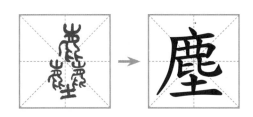

| yù |
|---|
| 玉 |

古人喜歡佩帶玉，往往用繩子把很多塊玉串在一起，然後把它繫在衣服上。「玉」字的三橫「三」表示三塊玉環，中間的一長豎「｜」則表示穿玉的繩子。「玉」字本來寫做「王」，後來為了與表示帝王的「王」字有所區分，就多加一點「、」。現在拿來當部首的「玉」字也寫做「王」（斜玉旁）。

**給小朋友的話：**

《三字經》裏有一句「玉不琢，不成器」，是說玉沒有經過雕琢，就不能變成很美麗的器物。小朋友，你也像一塊美玉一樣，現在所有的學習與訓練，都是在雕琢你的過程噢！

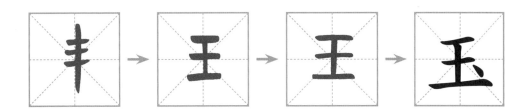

# bèi

# 貝

貝殼是生活在海裏的軟體動物用來保護身體的殼。甲骨文的「貝」畫的就是貝類把兩扇殼張開的樣子。聯繫兩扇貝殼的中央有韌帶，所以貝類可以自由自在的把殼打開或合起來。等到貝類死掉，裏頭軟軟的肉爛掉或被吃掉之後，就只剩下硬硬的貝殼還存在。在古代，「貝」還曾經是貨幣的一種，可以用它來買賣東西。

給小朋友的話：

海底的貝類有很多種類，它們的殼的形狀、顏色都不一樣，你認識幾種貝殼呢？

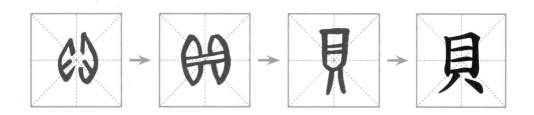

chuān

# 川

流過兩座山的河流就稱為「川」。看看古人在造這個字的時候，還特別把兩岸的樣子「ㄣ」畫出來，然後在中間一直不停流動的就是水「巛」。這些河川裏的水旅行到半途會再聚集其他河川的水，一直不停往大海流去，所以大海就會聚集這些河川帶來的營養物，來生養很多生物，成為一個資源很豐富的地方。

**給小朋友的話：**

「川流不息」是說河川不停地往前流、永遠不停止。小朋友可以想想看，你所看到的河川最後要流到哪一個海洋去呢？

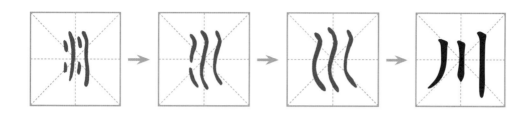

93

## zhōu
# 州

在河川的中間，常常可以看到一塊高出來的土地，有很多植物跟動物在裏面生活呢！這樣的土地就叫「州」，因為是在河水中間形成的緣故。看看古代「州」字的寫法「川」，是不是很像水中有一塊凸出來的土地呢？現代漢語的「州」字是指舊時的一種行政規劃，「洲」字才是指河流中由泥沙淤積而成的陸地。這是漢字古今意義變化的結果。

**給小朋友的話：**

河中的小州因為四周有水圍繞，所以有很多小魚在裏面游來游去，那些小魚都是小白鷺鷥的美味食物呢！下次注意看看河中的小州，是不是有很多小白鷺鷥躲在小樹林裏？

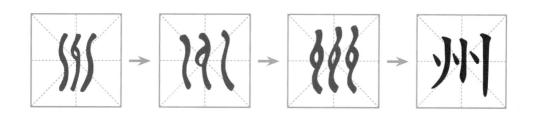

gǔ

# 谷

「谷」是泉水要流往大河川之前，所經過
夾在兩山之間的低窪處。「谷」字上半部的
「公」表示要流出山谷的水，只有現出一小部
分，而下面的「凵」則是水將流出的谷口。所
以「谷」字最原先表現出來的形體，就有水流
出谷口的動態美，現在則是專指「山谷」這種
地形。

**給小朋友的話：**

查查看「谷」部的字有哪些？這些字是不是
都和「山谷」有關係呢？

96

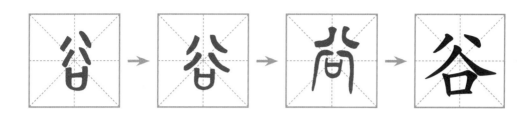

yá

崖

　　每座山崖都有很陡峭的一個壁邊。「崖」這個字的下面是「圭」，重疊着兩個「土」，有表示「高」的意思；「厂」則表示由山石所形成的崖壁；上面再加一個「山」的偏旁，則用來強調這是山的崖，是非常高、非常陡峭危險的。

**給小朋友的話：**

　　　　去爬山的時候，要特別小心，尤其是山路很窄的地方，另一邊往往就是很險峻的山崖，不小心滾下去可就糟了！

◎「崖」字的演變過程：

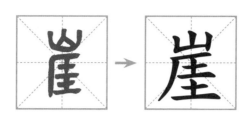

# xiá
# 峽

在兩山之間匯聚水流的地方就是「峽」。
「峽」字的右邊是「夾」；而「夾」就是旁邊
有兩個人側着身體「ㄎ」、「ㄑ」，把中間正
面站着的那人「大」的兩隻胳膊夾起來；兩山
夾一水的樣子也很像兩人夾一人，左邊再加個
「山」偏旁，來強調那是被山夾在中間的地
形，也就是「峽」，像海峽、峽灣都是。

**給小朋友的話：**

有山又有水的風景是最漂亮的，由山和水所
形成的地形有很多種，你總共認識幾種呢？

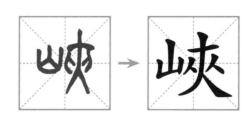

| dǎo |
|:---:|
| 島 |

島是四面環水的山，因為資源豐富，所以有很多鳥類飛來棲息、覓食。「島」字便是由「鳥在山」的現象造出來的，上面的「鸟」是「鳥」字省略下面的四點換成「山」，用此來強調這種地形是山的一部分。

**給小朋友的話：**

我們常常可從電視上看到：又有候鳥飛來香港避寒了。你知道香港有哪些候鳥嗎？

**xué**

**穴**

山裏有很多洞穴，飛禽走獸及最原始的人類都曾住過洞穴。「穴」字畫的就是一個洞穴的樣子，上面隆起、兩邊傾斜的部分，都有被土覆蓋，只有中間是虛空的、可以被利用的。「穴」字的造型很有趣，你還可以很清楚地看見洞穴的入口在哪裏呢！

**給小朋友的話：**

古人在還不懂蓋房子之前都是「穴居野處」的。你知道從古到今，人類曾經住過的「窩」有哪些造型嗎？

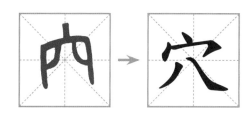

105

# bái

# 白

dāng dōng fāng chū xiàn yú dù bái de yán sè shí
當東方出現魚肚白的顏色時，yě shì tài yáng yào也是太陽要
shēng qi lai de shí hou le
升起來的時候了。gǔ wén bái zì de xià mian shì tài yáng古文「白」字的下面是太陽
「日」，shàng mian de上面的「ㄟ」zé biǎo shì tài yáng de wēi guāng dāng則表示太陽的微光。當
tài yáng gāng shēng qi lai hái méi yǒu shēng shàng dì píng xiàn shí tiān kōng bèi
太陽剛升起來，還沒有升上地平線時，天空被
tài yáng wēi guāng suǒ yìng zhào chu lai de yán sè shì bái sè de yú shì gǔ
太陽微光所映照出來的顏色是白色的，於是古
rén zài zào zì de shí hou biàn bǎ bái zì yòng lái zhǐ chēng bái
人在造字的時候，便把「白」字用來指稱「白
sè zhè zhǒng yán sè
色」這種顏色。

## 給小朋友的話：

bāo gōng zài bàn àn shí shì tiě miàn wú sī hēi bái fēn
包公在辦案時是「鐵面無私」、「黑白分
míng de xiǎo péng you nǐ zhī dào bāo gōng bàn guò nǎ xiē jí shǒu de àn
明」的。小朋友，你知道包公辦過哪些棘手的案
jiàn ma tā yòu shì yòng zěn yàng de zhì huì lái pò àn de
件嗎？他又是用怎樣的智慧來破案的？

◎「白」字的演變過程：

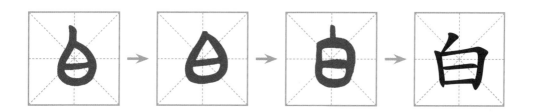

hēi

黑

gǔ rén zhǔ fàn shāo shuǐ dōu yòng zào　　zào de shàng mian lián zhe yì gēn
古人煮飯燒水都用灶，灶的上面連着一根

cháng cháng de yān cōng　　ràng rán shāo suǒ chǎn shēng de yān kě yǐ shùn zhe yān cōng
長長的煙囪，讓燃燒所產生的煙可以順着煙囪

pái fàng chu qu　　yīn wèi yān huī lǐ tóu yǒu hēi tàn de chéng fèn　　suǒ yǐ
排放出去。因為煙灰裏頭有黑炭的成分，所以

yān cōng dōu huì hēi hēi de　　gǔ wén　　hēi　　zì de shàng bàn bù
煙囪都會黑黑的。古文「黑」字的上半部

huà de biàn shì yān cōng　　xià bàn bù zé shì dà huǒ
「囱」畫的便是煙囪，下半部則是大火

yóu yú dà huǒ rán shāo suǒ chǎn shēng de yān huì bǎ yān cōng xūn
「炎」。由於大火燃燒所產生的煙會把煙囪熏

chéng yí piàn hēi sè　　suǒ yǐ jiù bǎ　　hēi　　zhè ge zì yòng lái zhǐ chēng
成一片黑色，所以就把「黑」這個字用來指稱

hēi sè　　zhè zhǒng yán sè
「黑色」這種顏色。

gěi xiǎo péng you de huà
**給小朋友的話：**

hēi bái bù fēn　　shì yòng lái xíng róng rén bù néng míng biàn shì fēi
「黑白不分」是用來形容人不能明辨是非、

duì cuò　　xiǎo péng you　　nǐ céng jīng　　hēi bái bù fēn　　ma　　jiǎ rú yǒu
對錯。小朋友，你曾經「黑白不分」嗎？假如有

de huà　　shì zěn yàng de shì jiàn　　hòu lái yòu zěn me chǔ lǐ ne
的話，是怎樣的事件？後來又怎麼處理呢？

qīng

# 青

草木剛生出來的顏色是青色。「青」字上半部「生」，是表示草木「屮」剛由泥土裏「土」生長出來的樣子；下半部的「日」則是「井」字，是「青」的聲符（指「青」字音的由來，有一部分來自「井」的音）。後來，就把這個原本表示草木初生的顏色，用來指稱「青色」這種顏色。

### 給小朋友的話：

青色是由藍草提煉出來的，所以顏色比藍色更深，所謂「青出於藍，更勝於藍」的成語就是從這裏來的。小朋友，你從老師那裏學到這麼多知識，以後一定要有更好的表現噢！

◎「青」字的演變過程：

huáng

黃

稻穗變成金黃色後就可以收割了。金文裏的「黃」字，畫的便是稻穀成熟，可以收成的樣子「炗」，中間用「⊖」把它束起來。到小篆時，便把中間的「田」解釋成「田地」的意思，因為田地的顏色是土黃色的，所以就把這個字用來指稱「黃色」這種顏色。不管是金文裏的金黃色稻穗或是小篆裏的土黃色田地，都是在指明這種「黃」色的顏色。

給小朋友的話：

中國人最早以前的祖先是炎帝和黃帝，所以我們常說自己是「炎黃子孫」。今天世界已經變成一個地球村，所以炎黃子孫也早就遍布全世界囉！

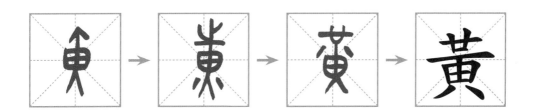

dān

丹

「丹」原先是指紅色的丹砂、朱砂；後來也用來指稱「紅色」這種顏色。在古代，採集到的丹砂，是以一種用竹子編成的器具來裝盛的，所以「丹」字的外圍「冃」畫的便是那種竹編的器具，中間的一點「•」，則是用來表示丹砂。

「丹心赤忱」是用來形容一片忠心赤誠。在中國歷史上，除了岳飛，你還知道哪些忠心耿耿、為國奉獻，卻不幸被奸臣所害的英雄呢？

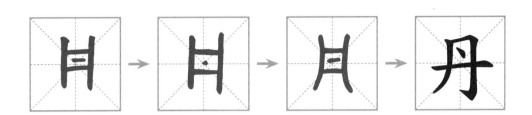

chūn

春

春天到了百花兒開，萬物都甦醒了，一片
生氣蓬勃的樣子，看到樹枝上的葉芽兒都舒展
開了嗎？很快地樹葉就會由淺綠色變成深綠
色。「春」字就是春天陽光變暖，草木開始生
長的意思。甲骨文「春」字左邊的「屮」表示
草木受太陽照射生長，右邊的「屯」則表示草
木的種子鑽出地面往上生長的樣子。

**給小朋友的話：**

新年一到爆竹響，過了年就長了一歲，要更
聰明懂事了。古人說：「一年之計在於春」，是
指你在一年剛開始的時候，要先計劃今年想要完
成怎樣的目標。小朋友，想想看，去年有什麼沒
做好，要在今年改進的？

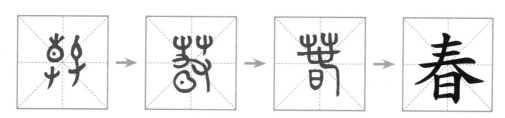

xià

# 夏

「唧唧唧……」，好多好多蟬躲在樹幹上
拼命叫着。聽到蟬叫聲，就知道夏天到了。蟬
的幼蟲叫做「若蟲」，會躲在地底生活好久，
才在羽化的前一天夜晚鑽出地面，蛻殼為成
蟲，這就是所謂的「金蟬脫殼」。古人很喜歡
把最能代表那個季節的東西拿來作為造字的依
據，所以「夏」這個依照成蟬的體型造出來的
字，就變成了「夏天」的意思。

**給小朋友的話：**

「金蟬脫殼」後來變成比喻「製造假象」的
意思。在自然界，由於弱肉強食的競爭關係，所
以很多動物都有「金蟬脫殼」變身術噢！想想
看，有哪些動物擁有這樣的絕技？

118

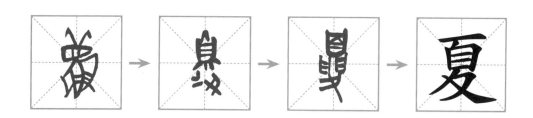

qiū

秋

秋天到了，稻禾都成熟結穗，可以收成了。甲骨文裏，「秋」字畫的是一種會在秋天鳴叫的昆蟲，這種蟲有角，是像蟋蟀一類的昆蟲，到了秋天就會「啾啾」的叫着，於是古人就把牠鳴叫的聲音用來指稱「秋天」；後來到了金文時，「秋」字就變成了象徵稻禾成熟可收成的樣子「🜚」。

**給小朋友的話：**

包公辦案的時候都會「明察秋毫」，把真正的犯人捉出來懲辦；就像你們做實驗的時候，也要注意很細微的地方，要「大膽假設，小心求證」。

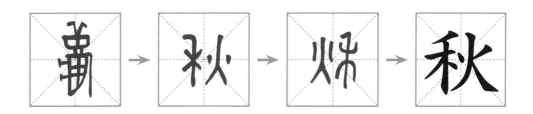

dōng

冬

冬季，是四季的最後一個季節，代表一年
終結的意思。甲骨文的「冬」寫做「∧」，畫
的是一條繩子的兩端都有打結，用來表示終結
的意思。到了小篆時，就寫做「夂」，上面的
「夂」表示冬天到了，把窗戶的縫塞得很嚴密
的樣子，下面的「仌」表示冰的意思。冬天到
了天氣很冷，外頭都結冰了，所以要把窗戶關
得緊一點，以免冷風灌進來。

**給小朋友的話：**

冬天有一個節氣叫「冬至」，古時候冬至到
了，家家戶戶都要吃湯圓，吃了湯圓就長一歲
了。過了冬至，白天的時間也開始增長、夜晚開
始縮短。小朋友，你知道為什麼嗎？

◎「冬」字的演變過程：

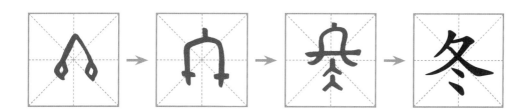

dōng

東

每天早上，太陽從東邊升起，你可以透過
樹木的中央看到太陽慢慢往上爬升，「東」這
個字就是由「✕」和「⊙」組合成的。從樹幹
的中央，可以看到太陽升起來的方向，就是東
方。在甲骨文裏，「✕」的形狀也像把物體打
包、兩旁束起來的樣子。後來，「東」這個字
除了指方位外，也有指稱物體「東西」的意
思。

**給小朋友的話：**

「東風吹馬耳」是說東風吹過馬耳朵，一下
子就消逝得無影無蹤，用來比喻充耳不聞、無動
於衷的意思。小朋友，師長在跟你說話的時候，
你會不會也這樣呢？

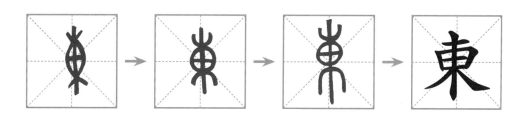

| xī |
|:---:|
| 西 |

太陽西下，倦鳥歸巢了，甲骨文和金文的「西」字畫的就是一個鳥巢的形狀。到了小篆時，「西」字又變成一隻鳥「弓」蹲坐在巢裏「⊠」的樣子。因為鳥兒只有在太陽下山的時候才會回巢休息，而太陽下山的方向是西方，所以，後來就把本義表示鳥兒棲息的「西」字，假借成表示方位西方的「西」字，然後再造一個「栖」字表示鳥棲息的意思。

**給小朋友的話：**

「西洋鏡被拆穿了」是比喻故弄玄虛用來騙人的手法或把戲被拆穿了。看到電視在表演變魔術時，你有沒有辦法把魔術師的招術破解呢？

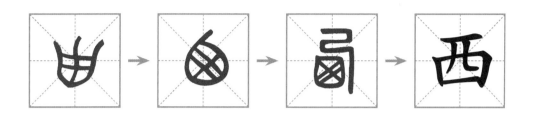

nán

# 南

小篆的「南」字寫作「𣫭」，上面的「𣎳」是表示草木蓬勃生長的樣子，下面的「𣥦」則作「刺」來解釋，有很堅實的意思。草木向着南方太陽溫暖的地方蓬勃生長，長得很堅實茂密，所以後來「南」也成了一種方位的指稱。

**給小朋友的話：**

「南柯一夢」是指作了一場並不存在的美夢。你有時會不會因為日有所思，晚上就夜有所夢的夢見自己去了好玩的地方，玩得很高興，一醒來才發現原來只是一場夢而已？

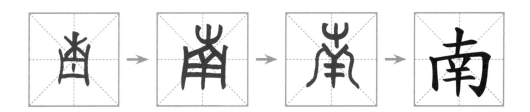

běi

# 北

「北」字本意是「背」，指兩個人背對着背，則他們兩人的心思就不相投合，有「違背」的意思。後來這個字就被借用成表示方位「北方」，結果一借不還，只好另外再造一個「背」字來表示「違背」和「不合」的意思。

**給小朋友的話：**

「南轅北轍」是表示相差懸殊的意思。小朋友在計劃事情的時候，會不會有計劃與現實「南轅北轍」的狀況產生？假如發生了又該怎麼辦呢？

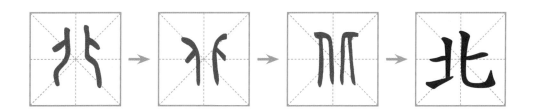

## 中國文字的演變

　　你知道最古老的中國文字是什麼嗎？目前所知中國最早有系統的文字是甲骨文。為什麼要在骨頭上刻字呢？這是因為古人很迷信，認為天地鬼神有神秘不可知的力量，所以要先問過祂們的旨意，才能安心做事；尤其到了商朝的王室貴族，更是每件事都要問，有時同一件事還要問很多遍！

　　他們怎樣問鬼神呢？其實就是用占卜的方式，但這過程有點繁複：首先要把龜甲獸骨洗乾淨、切成適當大小，再磨平、磨光，然後在背面鑿出一條條的小溝槽，溝槽旁再鑽一個個小小的圓穴，溝槽跟小圓穴都距離正面很薄，可是又不能穿透！這塊處理好的龜甲或獸骨先交由掌管占卜的人保存。等到挑了良辰吉時要開始占卜，就把這塊甲骨拿出來，用火炷去燒小圓穴，便會有很多裂紋出現，這些裂紋就叫「卜兆」，然後商王或史官就會根據裂紋的形態來判斷吉凶禍福，並把要卜問的事刻在甲骨上，這就是甲骨文。

　　甲骨文一直到清朝末年才被發現，那時還被中藥舖拿去當成藥材用呢！而這些甲骨，不知那些用了龍骨的人有沒有聰明一點兒？

　　中國文字演變到商周時期，就成了金文。金文就是刻在銅器上的文字，因為古人把「銅」稱作「金」，所以這些文字也稱為「金文」；又因為用銅鑄成的鐘、鼎等禮器受到人們的重視，所以這一類的文字也稱作「鐘鼎文」。

　　中國文字到了春秋戰國時期，因為諸侯國想要稱王問鼎中原，所以連年征戰，文字的流通也受到阻礙，各小國

的文字形體演變各不相同。一直到秦始皇統一中國，才接受丞相李斯統一文字的建議，把秦國原來使用的「大篆」稍加改變，使文字的結構和筆畫更穩定，然後向全國推行這套文字，這就是「小篆」。

後來的「隸書」則是由小篆簡化演變過來的，因為秦朝的官獄職務繁忙，要抄寫的案件太多，就把小篆圓潤的筆畫改成方折的筆畫，成了「隸書」。中國文字演變到隸書，造字原則被嚴重破壞，很多字因此看不出原本造字的原理。

隸書流行不久後，「楷書」也出現了。楷書的「楷」字，就是楷模、模範的意思。因為它的字體方正，筆畫平直，可以當作楷模，所以也被稱為「真書」、「正書」，楷書到目前為止，仍然是標準字，也是你所常見的字體。

至於草書和行書，則是為了方便書寫而演變出來的字體。「草書」就是指草寫的隸書，形成於漢代；行書則是介於楷書和草書之間，不像楷書那樣端正，也不像草書那樣潦草，是日常常用的一種字體。

知道了中國文字的演變過程，對於我們現在所使用的文字，有沒有覺得更親切了呢？它們可是祖先們從很古很古以前，就傳承下來留給我們的無價之寶哦！

◎中國文字的演變

甲骨文 → 金文(鐘鼎文) → 篆書 → 隸書 → 楷書、草書、行書

# 全書索引

# 有故事的漢字
# 親近自然篇

編　　著／邱昭瑜

繪　　圖／郭璧如

責任編輯／甄艷慈　周詩韵

出　　版／新雅文化事業有限公司

　　　　　香港英皇道 499 號北角工業大廈 18 樓

　　　　　電話：（852）2138 7998

　　　　　傳真：（852）2597 4003

　　　　　網址：http://www.sunya.com.hk

　　　　　電郵：marketing@sunya.com.hk

發　　行／香港聯合書刊物流有限公司

　　　　　香港新界大埔汀麗路 36 號中華商務印刷大廈 3 字樓

　　　　　電話：（852）2150 2100

　　　　　傳真：（852）2407 3062

　　　　　電郵：info@suplogistics.com.hk

印　　刷：振宏文化事業有限公司

版　　次：2015 年 6 月初版

　　　　　10 9 8 7 6 5 4 3 2 1

ISBN：978-962-08-6331-8

©2015 Sun Ya Publications（HK）Ltd.

18/F, North Point Industrial Building, 499 King's Road,

Hong Kong Published in Hong Kong